LES
40
BERGÈRES

*Portraits satiriques
en vers inédits par*
ROBERT DE MONTESQUIOU

*Ornées d'un frontispice d'Aubrey Beardsley
et de lettrines gravées sur bois par
Llano-Florez*

A LA LIBRAIRIE DE FRANCE
110, Boulevard Saint-Germain — Paris

Les quarante Bergères

LES QUARANTE BERGÈRES

Portraits satiriques en vers
inédits
de
ROBERT DE MONTESQUIOU

Ornées d'un frontispice
d'Aubrey Beardsley
et de lettrines gravées sur
bois par Llano-Florez

LIBRAIRIE DE FRANCE
110, Boulevard Saint-Germain — PARIS

PRÉFACE

OICI le passage consacré à cette Suite, dans mes *Pas Effacés*, mes Mémoires :

" Quand furent terminées mes *Prières de Tous*, il arriva ce qui était advenu pour mes *Perles Rouges*, non seulement la brusque cessation du courant religieux qui avait inspiré cet ouvrage, mais la surprise de voir succéder à un leitmotiv pieux, un autre d'un genre fort différent, lequel substituait au vers que j'ai dit [1], cet autre, bizarre :

Nigérie est heureuse, elle tient un grand Duc.

Il faut dire que cette Nigérie était une vieille dame fort à la mode, et aussi très snob, toujours pendue aux insignes de ces personnages souverains, pour en faire des invités décoratifs et des commensaux de ses dîners célèbres. J'avais eu à me plaindre d'elle, après avoir eu à m'en louer, et l'idée de la " chansonner " un peu, comme on

[1] " *Seigneur, ayez pitié de votre enfant qui souffre* " (alexandrin ayant servi de point de départ aux *Prières de Tous*).

disait autrefois, m'était venue. Je m'y essayai, il me parut que j'y réussissais, et cela m'ouvrit une nouvelle veine. Il en est résulté ces "portraits" en vers, dont je dois dire un mot, parce qu'ils joueront un rôle relativement important dans ma publication posthume.

J'imaginai, pour la frime, un Sénat de Femmes, du genre de celui qu'avait inventé Héliogabale qui, entre nous, n'avait fait qu'anticiper sur Louise Michel. Je votais pour une dame et, quand cette candidature était agréée par moi, je portraiturais ma candidate. J'arrivai vite, dans ce genre, à une virtuosité assez verveuse et, lorsque ces morceaux seront connus, il est bien possible qu'on les tienne pour ce que j'ai écrit de mieux tourné, dans la manière des vieux Maîtres Français [1], auxquels je n'essayais pas de ressembler, mais desquels j'aimais la concision grande, la malignité vive, le tour plaisant. Je rassemblai d'abord quarante de ces figures, fixant à ce nombre académique, le chiffre de mon Sénat. C'est ainsi que ces "quarante"-là étant des dames, leurs sièges durent prendre un air un peu plus enrubanné, et que ce recueil, nullement fâché de jouer sur les mots, s'intitula les "Quarante Bergères", en opposition aux quarante fauteuils de Messieurs leurs confrères.

[1] Peut-être je me fais illusion ; je viens de les relire pour les rectifier et mettre en ordre, en vue de leur publication posthume, ils m'ont toujours paru curieux.

Le bruit ne tarda pas non plus, lui, à s'en répandre, sans faire d'ailleurs que me divertir, n'ayant jamais " *mis ma félicité que dans ce qui dépendait de moi* ", comme le conseille Madame de Grignan ; et, ce qui dépendait de moi, c'était de réaliser, d'après des folles ou des sottes, des ovales bien venus, comme l'avait accompli Pope, qui ne me fait pas l'effet d'avoir été mis, pour cela, au pilori des poètes. On sait seulement que ses modèles en étaient réduits à un tel état de terreur, qu'ils lui faisaient proposer de grosses sommes d'argent pour être épargnés dans sa galerie, et je crois qu'il les acceptait. Malheureusement mes modèles à moi n'ont pas eu cette excellente idée, et j'aurai " péri gueux " comme l'écrivait jadis l'évêque de cette ville.

Vous pensez bien que je ne fus pas dupe d'une espèce de *tollé* qui s'éleva, surtout dans les demi-salons, et me désigna comme un contempteur du sexe, non sans y joindre une curiosité qui, de la part de chacune de ces dames, feignait de se faire souriante, dans l'espoir d'obtenir la révélation de ce qui la concernait, sur l'affirmation, parfaitement dénuée d'exactitude, qu'elle avait, elle *trop d'esprit pour s'en fâcher.* Malheureusement, je connais la vanité de ces sortes d'assurances, et j'avais, moi, trop d'esprit pour me laisser persuader.

Je n'ai, pour ainsi dire, jamais transgressé la loi que je m'étais faite de ne pas céder à une invite de ce genre, et il n’en manquait pas. Une telle opération n’est pas humainement possible ; de même que le simulateur, l’imitateur, disons *le singe*, ne saurait physiquement réaliser son phénomène devant celui qui en est l’objet, de même un satirique ne saurait donner vie à l’image qu’il a créée, en face de celui ou de celle que cette image représente en les défigurant plus ou moins. J’ai essayé une ou deux fois, je m’en suis repenti ; je voyais bien la victime se tenir parole, faire contre fortune bon cœur, et même bon visage ; mais une fois rentrée chez soi, elle retirait sa flèche et voyait, elle, le sang couler ; et si, dans une réunion suivante, la croyant désormais à l’épreuve, je lui offrais de recommencer, elle s’en tirait en me conseillant de m’en prendre plutôt à une autre, parce que son portrait à elle *n’était pas un de mes meilleurs.*

Il devint à la mode de me demander ces sortes de récitations, de m’inviter dans l’espoir de les obtenir ; quelquefois je m’y prêtai, quelquefois non, cela dépendait du milieu, des assistants, de mon humeur. Quand le premier m’était favorable, je goûtais un plaisir assez aigu à faire surgir des hommes et des femmes [1], comme si j’eusse été Deucalion et Pyrrha, en jetant des pierres par-dessus mon

(1) Il y avait des deux, mais beaucoup moins des seconds, et moins réussis. Je ne leur fais pas prendre place dans l’édition posthume que je prépare. Ils resteront, du moins un temps, dans les *inédits non classés.*

épaule, et dans leurs jardinets. Franchement elles n'atteignaient pas trop les gens, d'abord parce que la rédaction était bonne, et qu'il n'y a d'offensant que les caricatures mal faites ; ensuite cela rentrait dans le domaine du *verba volant* ; les gens prenaient le pli de me dire : *Il paraît que vous avez récité mon portrait, qu'il est très méchant.....* — Je répondais avec non moins de gentillesse : *Tout dépend de la confiance que vous avez dans la personne qui vous a fait ce rapport ; il est probable que l'on a dû exagérer.*

Jamais je n'ai consenti à imprimer un seul de ces portraits, la plupart composés de dix à vingt vers. Ceux qui en comptent davantage sortent du genre, qui doit être raccourci et saisissant. On sait bien que je ne mettais pas de crainte [1] dans cette retenue, qui seul eût été vilain. Non, je l'avais trouvé (je ne dis pas inventé), ce genre, je m'y suis complu tant qu'il m'a fourni des tableaux plaisants (ça s'est prolongé longtemps) mais qui ne me plaisaient à moi qu'à la condition d'être intéressants pour ceux qui ne connaissaient pas les modèles ; c'eût été *trop facile* sans cela.

Non seulement je ne voulais pas faire de la peine, mais je m'y dérobais contre mon avantage, car j'ai refusé des propositions très brillantes et fort pressantes, du directeur

[1] Je m'étais déjà battu deux fois en duel, et je ne demandais qu'à recommencer ; tout de même, je n'aurais pas pu recommencer tous les jours.

d'un périodique, lequel souhaitait plus que vivement de faire paraître, par séries successives, bon nombre de ces pièces, dont je n'ai plus qu'un mot à dire. Je le répète donc, je tenais d'autant plus à ne pas chagriner mes personnages que, je l'ai constaté, les portraits que je réussissais le mieux m'étaient inspirés par des personnes *contre qui je n'avais pas d'animosité*; les autres étaient chargés, empâtés, comme quand on veut mettre trop de couleur sur une toile. Le meilleur élément de succès dans la manière, c'est *la souplesse de la malice*, non *la crispation de la haine*. Chose assez curieuse, ces portraits devenus généralement d'une douzaine de vers, ont commencé par être des distiques [1], plusieurs assez amusants, comme si, pour produire ce fruit bizarre, il avait fallu d'abord un noyau, qui s'était ensuite revêtu de pulpe.

Je suppose que ce recueil fera l'objet d'une publication posthume, de laquelle je compte charger un ami sûr. Alors, j'aurai bien fait de ne demander, de mon vivant, à ces portraits, que le droit de s'exercer d'après les tics et les défauts de leurs modèles, sans les contrister eux-mêmes, puisque la chance de plaire de ces petites pièces, à cette heure tardive et désintéressée, dépendra de cet élément. S'ils

---

[1] Ils me restent rassemblés un par un sur des cartes de bristol, dont la réunion porte ce titre : *Papillotes Mondaines.*

y réussissent, ce sera ma récompense de m'être dérobé au succès de la minute, qui aurait fait pleurer des yeux, souvent avivés de kohl. Et je n'oublie pas la colère. ”

A ce fragment de mes Mémoires j'ajoute quelques lignes : De ces portraits, je laisse une *clé des noms des modèles* ; m'en dispenser serait leur retirer une part d'intérêt pour plus tard ; je ne m'en dispense donc pas, mais je recommande aux personnes que je charge de cette publication, de se conformer strictement aux instructions que je leur laisse, pour s'éviter à elles-mêmes des difficultés. Qu'elles gardent donc sur cette clé, non pas un secret de Polichinelle, mais un secret absolu, comme on l'a fait pour la partie encore inédite du journal de Goncourt. Les portraits sont assez amusants pour intéresser anonymes, et les lecteurs n'en prendront que plus d'intérêt au jeu de devinettes que leur offriront des noms supposés, d'ailleurs déjà indéchiffrables pour beaucoup. La plupart des modèles auront disparu, seuls resteront des descendants, déjà moins ombrageux qui, peu à peu, disparaîtront eux-mêmes, jusqu'à ce qu'un temps soit venu où le secret nominal pourra être divulgué, toutes les susceptibilités s'étant évanouies, et le relatif mérite d'art de l'ouvrage en constituant l'unique valeur.

Pendant la première période, ce secret nominal sera gardé [1] par ceux à qui je l'ai confié, qui le confieront eux-mêmes, plus tard, à d'autres, lesquels agiront pareillement, jusqu'au jour où ces précautions seront devenues inutiles. Je m'en remets à mes représentants de fixer, ou faire fixer ce terme, selon que l'incognito se prolongera plus ou moins de temps.

Je sais qu'on me jettera la pierre, ça ne me changera pas ; on parlera de l'horrible hypocrisie qui m'aura fait vilipender des femmes à l'égard desquelles on trouvera, sans doute ailleurs des manifestations de mon amabilité, même de mon amitié ; ce ne sera pas incompatible. Le point de vue du caricaturiste s'accommode très bien de ces apparentes doubles faces, parfaitement conciliables avec la sincérité. J'entendais, un jour, l'un d'eux me dire d'une femme, du reste, agréable, et qui avait son genre de beauté : *On pourrait très bien la faire très laide.* — On peut dire ça de tout le monde, même des gens pour qui on a du goût.

On ajoutera que j'ai cherché à satisfaire des rancunes, à assouvir des vengeances ; quelquefois ce sera vrai, pas toujours, pas même très souvent ; une fois créés par moi de ces miroirs concaves ou convexes, qui déforment si

[1] Scrupuleusement ; ce sera, pour eux, la seule façon de s'éviter des embarras, personne n'étant admis à s'insurger contre une ressemblance et des attributions plus ou moins précises.

plaisamment ceux qui s'y regardent, je pouvais ne pas mener mes amis de ce côté-là ; mais les laisser passer devant ne constituait pas, de ma part, une abominable trahison, tout au plus une malice un peu impardonnable. L'appareil seul restait inexorable constitutivement, je n'étais pas lui.

Enfin, on [1] ne manquera pas de faire observer que la définitive version de ces portraits date de 1919, l'année d'après la guerre, ce qui est capable de faire révoquer en doute l'émotion même de mes *Offrandes*. Cela non plus ne sera pas exact. Mes offrandes furent et demeurent l'expression pathétique et poignante de mon âme du temps de guerre ; les portraits, écrits il y a une vingtaine d'années et revus aujourd'hui pour quelques corrections de forme, restent l'expression d'un esprit du temps de paix, quand la guerre ne se faisait que dans les salons, avec des projectiles de *confetti*, mêlés, j'en conviens, à quelques quartiers de la pomme de Pâris, cuits au beurre noir.

Robert de Montesquiou.

Octobre 1919.

---

[1] *On*, je veux dire de ces ennemis *d'après-mort*, lesquels ne manquent jamais aux défunts qui furent, de leur vivant, doués de quelque mérite.

17

Les quarante Bergères

Nigérie

N igérie est heureuse : elle tient un Grand Duc !
Depuis bien quarante ans qu'elle exerce son truc
Elle ne connaît pas l'ennui ni la fatigue.
Chaque Altesse qui passe, elle accourt, elle brigue
L'honneur d'accompagner au spectacle, un dîner,

Une étreinte — et nul Roi ne peut s'en retourner
Sans boire de sa cave, admirer son aigrette.
Tous les Chahs lui sont bons, nul Pacha ne l'arrête !
Un vocable entre tous la désigne : Gala !
Elle fut cocodette, on vit son falbala
Sous Napoléon Trois et le premier Guillaume ;
Mais sous la République, une telle âme chôme.
Or, pour passer son temps et charmer le trajet,
Elle se croit profonde en lisant du Bourget.

Aliette

liette est politique et transcendantaliste ;
Mouche du Coche Européen, elle dépiste
Un trône à soutenir, un pays à sauver,
Un héros à défendre, un mort à conserver.
Elle répète, en gros, la " Grande Demoyselle ".

Elle a tenu Bismarck en haleine ; sans elle
Que sont la Mingrélie et le Monténégro,
L'Herzégovine, j'en passe et non des moins gros.
Elle pousse son cri : l'Europe lui réplique !
Elle en tient pour l'armée et pour la République
Et sur leur compte abonde en fatras éloquents.
Mais voici qu'on l'appelle au secours des Balkans,
Camoëns veut un buste, et tel village Tchèque
Atteint par l'incendie a grand besoin d'un chèque.

Doriane

 oriane est si superbe et si républicaine
Qu'elle voue à l'Eglise une étonnante haine;
L'Etre Suprême a-t-il l'honneur de ses Credos?
Je ne sais, mais au Christ elle tourne le dos.
Le cas qu'elle ferait du pain de Saint Antoine,

N'en parlons pas, de peur de chagriner ce moine.

Elle aime la peinture...... et détourne les yeux

Des antiques sujets de l'art religieux ;

Elle plaint Raphaël, Pérugin, Michel-Ange

D'avoir perdu leur temps à peindre plus d'un ange,

Mais sa rigueur éclate à nos enterrements :

Elle reste à la porte, ayant fait des serments

De refuser à Dieu, bien qu'il les sollicite,

Les honneurs de son pied, comme de sa visite.

Mona

Un grand banquier, un grand Cardinal — or et rouge ;

Une roulette — rouge et noire — où le sort bouge,

Tels sont les éléments du destin de Mona.

Le financier comptait, le prêtre sermonna

Et le croupier ratisse. Un grand premier ministre,

Un grand thésauriseur et, le trois, plus sinistre,

Qui voit le suicide échoir à ses tripots.

Et cependant Mona goûte de doux repos :

Elle songe parfois, lorsque la rouge règne,

Que de l'homme d'Etat la robe encore saigne

Et veut bien empourprer l'espoir du tapis vert.

Et, pour la consoler, lorsque la noire perd,

Le vieil économiste augure que sa fille

Rattrapera son dû d'un prochain tour de bille.

Anne

C’est une vieille Peau Bonapartiste : elle a
Dans le cœur un bouquet de violettes, là !
Plus un hortensia sur le front, des abeilles,
Un peu partout, au col, en bagues, aux oreilles ;
Bref, une ruche, quoi ? mais pas de miel. Elle est

Fort en colère, un vrai grognard ! Son bracelet
Tinte, c'est un camée orné d'une bataille.
" Les hommes d'aujourd'hui ne sont plus à la taille
De ceux d'hier : Murat..... " j'en passe et des meilleurs,
Qui sont, du reste, allés se faire pendre ailleurs.
Ce n'est pas devant elle, avec un tel camée,
Que l'on se risque à mal parler de notre armée !
Et son teint, si quelqu'un touche à Napoléon,
Prend toutes les couleurs d'un vieux caméléon.

Chusène

husène est chasseresse et sculptrice, ou sculpteuse :
Dit-on une amatrice ou bien une amateuse ?
N'importe. Donc Chusène exerce sans déchoir,
Noble Dame qu'elle est, la meute et l'ébauchoir ;
Mais elle exerce aussi les caquets de la ville :

On la juge inhabile, on la trouve incivile

Et les honneurs du pied sont pour elle, toujours !

Le retour de nos rois lui coûte des débours,

Et ne s'opère pas. Pourtant la Boulangère [1]

A des écus, mais les dépense à la légère,

Pour régler " Le Gaulois " qui lui trousse un écho,

Payer le praticien dont elle signe un groupe,

Le gibier qui se laisse embêter et la coupe

Où pour le " Roi Gamelle " on boira le Clicquot.

[1] *Allusion au Général* Boulanger.

Herminette

Herminette confond les vers avec les vents ;
Elle en souffle, par jour, en ses détours savants,
Autant qu'en bénirait l'Evêque de la Fève.
Vous la croyez aux cabinets, non, elle rêve !
Elle y reste parfois un jour, pour le papier :

Le temps de s'y reprendre... et de recopier ;
Aussi le livre exquis, où son délyre ânonne,
Devra s'intituler : Le Soupir de la Nonne.
Ce sera son Visage Emerveillé, mais plus,
Et jusqu'à ressembler au divin Crépitus,
Comme deux gouttes d'eau, comme deux pleurs de manne.
— Donc l'Apollon d'Hermine étant le Pétomane,
Sa lyre se parfume et résonne de loin....
Et son désir d'écrire est un petit besoin.

Lilith

ilith *a pour parente une autre de son nom*
Qui d'être un grand poète a conquis le renom
Et mêle en soi Sapho, Staël et Clémence Isaure.
Lilith, la regardant comme un ichtyosaure,
Se risque à parcourir le volume nouveau

Où cette muse vient de relier en veau
Mille vers de beauté, de grâce, de lumière.
De tels écrits la dame étant peu coutumière,
Elle y promène un œil aveugle, hostile et rond ;
Tout ce qu'ils ont de tendre est, pour elle, un affront.
Elle poursuit hagarde et, sur la fin, s'écrie :
« On va m'attribuer cette cochonnerie !!!... »

Crémorne

onsieur, qui fut très chic, pour qui mourut Feyghine,
Poursuit assez, depuis, la série à la guigne ;
Madame, qui fut riche, aujourd'hui ne l'est plus ;
Ils prolongent le cours de leurs crédits perclus
En menant les Grands Ducs souper à droite, à gauche,

Et se faisant payer la petite débauche

Par le restaurateur, qui les nourrit à l'œil.

Des toilettes, pourtant, il faut faire son deuil,

Car, à la longue, le tailleur et la modiste

Ont fini par trouver, cependant, un peu triste,

De fournir des habits et des robes pour rien.

Quand elle va chez Worth, Madame fera bien

D'emporter un ouvrage en quatre ou cinq volumes,

Car elle voit passer cinq cents fleurs, mille plumes,

Sous son nez, sans qu'on songe, à sept heures du soir,

A lui rien proposer, — pas même de s'asseoir !

Bélise

Elle cache un joyau comme une autre le montre ;
Plus les bijoux sont gros, plus l'œil qui les rencontre
Me paraît la gêner. C'est qu'elle a dans le sang,
J'ai regret de le dire, et toujours grandissant,
L'or d'un affreux tripot qui vit de suicide.

Il semble que l'argent près des rubis s'oxyde
Sur elle, au souffle épais des râles clandestins
Des joueurs à l'œil morne, aux sourires éteints.
Aussi, plus son écrin sur son col agglomère
De feux, plus elle dit : " C'est de ma belle-mère ".

Lisette

Lisette ne sait pas trop sur quel pied danser.

Pour elle le destin se plut à condenser

Le plus incompatible : elle a, dans sa marmite,

Les fureurs du mari le plus antisémite,

Et le courroux d'un père ayant d'un second lit

Epousé Rebecca *dont l'argent ennoblit.*

Que faire ? Notre Lise *étant assez en peine*

Entre un conjoint plein d'ire, un papa plein de haine,

Hésite, et trouve enfin son modus vivendi :

Système qui ferait honneur à Gassendi.

Quand elle est en ménage, elle ignore le youtre,

Quand elle est en famille, elle ose passer outre.

Edith

U n gros éléphant blanc, sacré, vaincu par l'âge,
La dèche, les ennuis, l'orgueil, le maquillage,
C'est Edith ; elle étonne encore les jobards
En faisant manœuvrer un Guignol de poupards
Assez ingénieux, en écrivant des livres

Et surtout en pesant cinq cent quatorze livres.

Avoir été déesse, en descendant d'un dieu,

Avoir connu l'amour des mains d'un prince bleu,

Du poète inspiré des Chants du Crépuscule

Avoir été la Muse, Omphale d'un Hercule,

Avoir aimé Wagner dans son beau, dans son neuf...

Et ne plus rappeler que le Baron de Bœuf !

Nanette

Celle qu'on appelait autrefois " La Baronne ",
Ce fut, de son vivant, une forte luronne
Qu'on vit déshabillée en bacchante à ces bals
Dont le Second Empire offrit les bacchanals
— Elle finit en Muse : on la vit occupée,

A donner à Barbey, le sein, l'âme à Coppée,
A Bourget du lolo. — Le premier, qui fut mis
En demeure, un beau jour, d'écrire à cette hôtesse,
Lui fit ce madrigal plein de délicatesse :
« Sémiramis, dont je voudrais être..... le fils ! »

Anna Karénine

Elle a dit ce beau mot : " Il faut bien que je croie
A l'Enfer, car j'y suis. " Le reste ne vaut pas
L'honneur d'être cité. Le destin, s'il la broie,
A raison, il en laisse encor trop sous nos pas.
Elle pue à la fois l'Institut et la sauce ;

Pour atteindre aux grandeurs où son époux se hausse,
Elle se guinde, et puis retombe à ses fourneaux.
Elle lit des discours, prépare des cerneaux ;
Dans les réceptions qu'on nomme académiques,
Porte ses bandeaux plats et ses doctes mimiques,
Mais du beurre salé connaît aussi les cours,
Et revient de chez Taine avec des petits fours.

Marthe

arthe s'étant rendue en un raout civique,
Rencontra des voyous qui, leur titre l'indique,
Se comportèrent mal, prirent sa liberté,
(Ce qu'il advint des mœurs ne fut pas rapporté)
Elle se retrouva murée en un domaine

Inconnu, s'évada, comme l'on se promène,
Et s'en revint à pied, tel un petit Poucet.
Puis, comme je ne sais quelle faim la poussait,
Trouva des maraîchers qui fournirent aux vivres,
Rencontra des douaniers qui dévoraient ses livres,
Et, sans encombre, après cet exode fleuri,
Rentra chez elle enfin pour baiser son mari.

Bouquette

L a petite Madame Arnaud de Collauxfesses
Qui parle comme un pois et se coiffe de vesces
Est l'objet le plus rond qu'on ait encore connu
Je ne sais pas comment peut bien être son nu,
Mais ce qu'on voit, déjà, semble la rondeur même ;

Et l'on a beau, sans fin, m'affirmer qu'elle m'aime,
Je crois de mon devoir de tout trahir ici.
Sachez donc que ses doigts sont ronds comme ceci
(Je désigne un boudin) ; comme cela ses joues
(Je désigne un derrière) ; et que, faisant des moues,
Sa bouche se contourne en forme d'un anus.
Enfin, tous les motifs circulaires connus
S'arrondissent autour de sa sotte personne,
Car sa sottise, encore, est ronde, et toute bonne.
Elle a l'air d'un paquet de petits ballons mous.
Approchez un flambeau du clapotant remous
Qu'entre elles toutes font ces choses qu'on découvre...
Tout cela pétera comme un ballon du Louvre !

Cilice

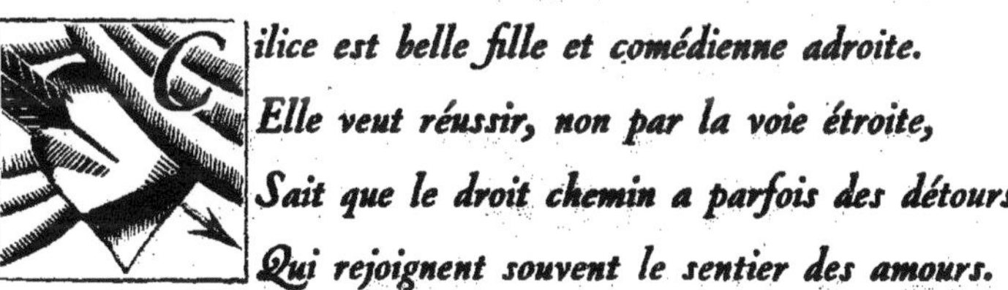

ilice est belle fille et comédienne adroite.

Elle veut réussir, non par la voie étroite,

Sait que le droit chemin a parfois des détours

Qui rejoignent souvent le sentier des amours.

— *La répétition d'une pièce à la mode*

Se prépare, s'annonce, a lieu ; le jour venu,
Ayant bien ruminé la teneur de son code,
Cilice voudrait faire usage de son nu,
Mais désire ne pas fausser sa préférence ;
Il lui faut la placer sur quelqu'un d'importance
Qui connaisse combien s'achètent les grands cœurs
Et lui rende, après coup, le prix de ses faveurs.
Or elle est en retard, près de manquer la piste,
Quand elle arrive, et va tout perdre, si quelqu'un
Ne la repêche, en indiquant un homme brun,
Blond, gris ou blanc, au flair de la grande arriviste.
Lors elle se recueille, avise un machiniste
Et le questionnant d'un registre adouci :
" Avec qui, lui dit-elle, est-ce qu'on couche ici ? "

Limone

Rien n'est comique en soi comme l'illusion

Qui fait qu'étant petite on se croit grande, l'on

S'imagine être Mars, et Dorval, et Desclée,

Que d'une aigle on se croit l'essor et l'envolée

Quand tout au plus on a les ailes d'un poulet,

Disons d'une pintade, et cessons s'il vous plaît.
- Haute comme une botte, et " potence " et " ficelle ",
Pour lui rendre justice, à la fin, ajoutons :
N'ayant pas de pectus, mais d'énormes tétons,
Elle parle du nez, comme Polichinelle
Dont la pratique est de naissance dans son nez.
Qui donc ai-je voulu dépeindre ? Devinez.
Encor si tous les nez étaient bien dessinés.

Maguelonne

Profitez d'un moment où vous serez moins bien
Pour faire le portrait de Maguelonne — un mien
Ami m'avait donné ce conseil d'inclémence ;
Je l'ai suivi, je suis moins bien, et je commence !
Maguelonne, depuis soixante ans peint des fleurs ;

Elle en a barbouillé de toutes les couleurs,

Sans oublier son vieux visage qui suinte

Et, par places, déjà semble en proie à l'helminthe.

Elle habite une grange, et vous offre à manger

Dans une auge ; Sardou, qui ne veut pas changer

Y rencontre Bonnat, compliqué de Detaille.

Un petit tralala succède à la ripaille ;

Il y vient des Grands-Ducs, des artisses, des mecs,

Des tantes, des cabots, des m'as-tu-vu, des grecs ;

Aux petits des chameaux, elle offre la pâture

Et sa bonté s'étend à toute la peinture.

Reine

ans tout ce qu'elle dit Reine met de son âme,
Donc elle salit tout ; même la Maison Mame
Ne trouverait pas grâce à sa barre, et Tissot
Par elle se verrait traité de petit sot.
Une femme est tribade, un homme est pédéraste

En moins de temps qu'il ne faut pour le dire ; chaste,
Elle l'est à peu près comme Pasiphaé ;
Mais le water-closet pue en son Evohé
Et la parole est son véritable exutoire.
Sa conversation ouvre le cacatoire ;
On a dit d'elle un mot qu'il faut recopier :
" Elle parle..... et sa bouche appelle le papier. "

Amablie

Amablie est en rage, encor des millions
Que vient de refuser sa fille : « Nous plions
Toutes deux sous le poids des demandes — nous conte
Amablie — avec moi refaites-en le compte :
Cinquante millions d'un parti du Tyrol,

Quarante millions du Marquis Espagnol,
Vingt millions du Duc de Ségusie, un pauvre !
Quarante millions d'un rentier du Hanovre,
C'est que Mademoiselle est difficile et veut
Un homme qui lui plaise, et du pied au cheveu.
Reprenons : le boyard, cent millions, de roubles,
Et l'Américain, donc, à Chicago, le double !
Mais le déjeuner sonne ; en attendant du neuf,
Allons, méchante enfant, nous partager notre œuf. »
— Puis, en reconduisant quelque dame de Brante,
Elle ajoute : « Ce sont des millions..... de rente ! »

Anguleuse

 nguleuse fut belle, il y a fort longtemps ;
Il ne lui reste plus que trois ou quatre dents,
Presque autant de cheveux, du nez et de l'astuce,
Des chapeaux de bébé, des robes prune ou puce,
Et surtout l'art savant de liquider du toc.

Elle excelle à ce truc et brille dans le troc.

Elle est végétarienne, elle fut dreyfusarde ;

Elle meuble un hôtel et demain le bazarde ;

Elle eut plusieurs maris et quelques amoureux

Sans compter de Lesbos les ébats langoureux.

Le tout est de savoir s'il faut pour la commande,

Parler à la Marquise..... ou bien à la Marchande !

Jeanne

 eanne qui fut déesse, étant redescendue
A la route mortelle, y semble un peu perdue :
Avoir connu le rang d'Altesse, l'air des cours,
Avoir vu se ployer au long de son parcours
Les échines les plus hautaines de l'Europe

Et, comme en un ballon sûr de son guide-rope,
Plané dans l'atmosphère au-dessus des humains...
Puis se voir, à cette heure, en de gris lendemains,
Ravaler au niveau de nos simples Comtesses,
Contrainte d'observer d'étroites politesses,
D'être humble..... et tout cela, j'en ai le cœur marri
Pour se remarier à si petit mari.

Macette

La petite Marquise et son petit Marquis
Sont si bien conservés par des labeurs exquis
Et des secrets savants qu'ils semblent des momies
Car, bien qu'ils aient passé l'âge des Jérémies
On les voit aux Bouffons, aux vespres, aux paris.

C'est comme qui dirait les portiers de Paris.

Ils tirent les cordons des cercles, des Revues,

Et frappent les trois coups des choses imprévues,

Lui sous son canotier d'octogénaire Bob,

Elle sous son museau de levrette et de snob.

Pourtant, comme il se peut que la mort la dérange,

Il lui faut un Marquis... elle en a de rechange.

Angèle

Angèle a l'air d'un prospectus de brosserie :
Elle orne ses cheveux jaunes d'une série
D'aigrettes, de plumets, d'autres disent plumeaux,
Pareils à ceux qu'on place au frontail des chameaux
Volontiers on l'invite afin qu'elle époussette,

De son coiffage altier, la voûte où la roussette
Prend la fuite au contact de ses petits balais.
Nul angle de plafond, dans les plus vieux palais,
Où se sente à l'abri, tant elle est haut peignée,
De sa tête de loup, la distante araignée ;
Donc, ainsi harnachée, et sous ce baldaquin,
Elle promène au bal son air de mannequin,
Nous faisant admirer tout ce que la peinture
Vient en elle ajouter de charme à la couture.

Sylvie

La Famille Desbois est extraordinaire,
On est dans quelque Suisse, on sortit seul, on erre...
Sur un tertre apparaît la famille Desbois.
Au-devant de ce groupe et paraissant de bois
Deux vieilles vont sans bruit, ce sont les jeunes filles.

En arrière, une gosse exulte, joue aux billes,
Récite un monologue, agace gentiment,
Raisonne, déraisonne, accourt... c'est la maman.
La quatrième, en queue, est encor moins paisible ;
Son chapeau canotier porte écrit : l'Invincible !
Elle tient sa raquette et vient du tennis-court,
Avec ses souliers blancs et son cotillon court,
Elle jacasse comme une pie, une meule
Ne tourne pas mieux qu'elle au bal... et c'est l'aïeule.

Néère

Ayant fait sa fortune avec une pilule,
De perles elle eut soin de parsemer son tulle
Pour en symboliser la source de son bien.
Il était infini ; les Rothschild n'avaient rien
Près de Néère. Au cours de son écrin immense,

Sitôt qu'un saphir cesse, un rubis recommence.
De chameaux, elle fut des troupeaux tout entiers
A soi seule. Elle avait de superbes dentiers,
Et des trous dans le dos, qu'elle emplissait de pâte
Avant d'aller au bal, pour les boucher en hâte,
Ainsi qu'on se bouchait le nez pour la vêtir.
Sa mâchoire tombant, on dut l'assujettir
Avec un bandeau d'or chargé de pierreries...
A la fin elle est morte et les garden-parties
Regrettent de ne plus trouver sur leur chemin
En robe de Lancret, sa haute canne en main,
Cette vieille, richarde, et folle pharmacienne
Qui, sauf la Pourtalès, n'eut pas de plus ancienne.

Cornélie

'Italie est à elle ; elle dit : " Mon Quinzième ! "
Ou mon Cinquecento : c'est son tarte-à-la-crème !
Elle est en conférence avec Charle Ephrussi
Au sujet du cheval de Léonard, et si
Ce bronze est retrouvé, ce sera bien par elle

Ou saperlipopette ! Elle hait l'aquarelle
Ayant travaillé l'huile, autrefois, dans le temps,
Quand elle remporta des succès éclatants
A pourtraire des vieux guerriers et plus d'un bonze.
Maintenant elle court les marbres et le bronze
Et la terre, pour elle, en vomit d'inconnus
Qui, de chez Barbedienne, en flânant sont venus.
Elle rapporte à flots la faïence et la fresque
Et songe qu'elle agit en Médicis - ou presque !

Amaranthe

A maranthe – plutôt, dis qu'il est de sa rente,
Son vieux château trop grand pour elle – or Amaranthe
Paraît un peu petite en sa demeure..... et l'est ;
Son époux est immense, impérieux..... et laid ;
Ils ont beaucoup d'argent qui leur vient d'une poudre

Ou d'un pain, je ne sais, mais la machine à coudre
N'est pas plus lucrative. Aussi beaucoup de Ducs
Attirés du lointain à l'odeur de ces sucs,
S'en viennent visiter par pure gourmandise
Le beau palais où l'or, né d'une friandise,
Se transforme en colonne, en arc, en chapiteau,
Sans pour cela, cesser de tenir du gâteau,
Et chacun d'eux, le soir, en buvant l'eau suave,
Bénit Dieu pour la canne et pour la betterave.

Camille

Grand collectionneur et fabricant de pâtes,
Entre ces deux soucis, son homme a tant de hâtes
Qu'elle peut lui sembler Louis Seize, à peu près.
Ils cumulent tableaux, farine et beurre frais,
Croûtes. Tout va de front : tapioca, Lawrence,

Semoules, Gainsborough, l'Angleterre et la France,
Macaroni, Reynolds, Naples et ses niocchi,
Et son Canaletto. Donc, Madame, in fiocchi,
Bouclée en vermicelle, au frison qui s'étage,
Reçoit et dit : " Ce Soir, Turner, pour tout potage. "

Ludovise

Ludovise est benoîte et prude, et fit l'amour ;
Elle ne le fait plus, et pour cause, son tour
Est passé, cependant elle s'en lèche encore
Les babines. Au fond ce n'est qu'une pécore
Comme pas une alerte à jaser du prochain.

La première, elle sait par Chose et par Machin
Les cancans de la rue et les potins d'alcôve.
Son âme néanmoins se libère et se sauve :
Offices du matin, ventes de charité
Ont sous leur couverture indulgente abrité
Autant de rigodons qu'en bénit un évêque ;
Mais aucun des corbeaux du bon Dieu ni de Becque
Ne porte un deuil plus strict que Ludovise en deuil
De l'époux que son branle a conduit au cercueil.

Vénus

Comme elle eut les frisons roses, le nez sans borne,
Le portrait de Sargent, le profil de licorne
Et, la nuit, pour dormir sous le haut baldaquin,
Un oreiller sonore et tout en maroquin
Afin d'être avertie, à temps, d'un cheveu mauve

Tout près de se briser sur la tempe, et qu'on sauve !
Comme elle eut la truelle en or garni d'émail
Pour enduire sa face, en un exquis travail,
De mortiers odorants et de crépit suave,
Elle promène encor de beaux restes d'épave,
Et son galbe fameux, chaque jour qui s'en va,
Gagne du Caran d'Ache et perd du Canova.

Gillette

illette eut tant d'appartements dans la Grand'ville,
Qu'elle ne sait plus bien quel est son domicile
Entre le fond de cour du Lundi, l'entresol
Du Mardi, puis le pied-à-terre, pour Popol,
Le Mercredi. Jeudi, c'est le rez-de-chaussée ;

Le Vendredi, par peur de la maréchaussée,
C'est le sixième, et l'ascenseur ; le Samedi,
Le fiacre, au long méandre, au trajet engourdi ;
Le Dimanche, on le sait, est le jour de l'église.
Aussi, quelle que soit de notre Cydalise
La comptabilité, d'un tel doit et avoir
Pour elle—on s'inquiète, et j'en viens à prévoir
L'accident singulier qui menace Gillette,
Entre Passy, Monceau, Montmartre et La Villette,
D'offrir à son époux cet étrange régal
De la trouver, un jour, sous le toit conjugal.

Jeannine

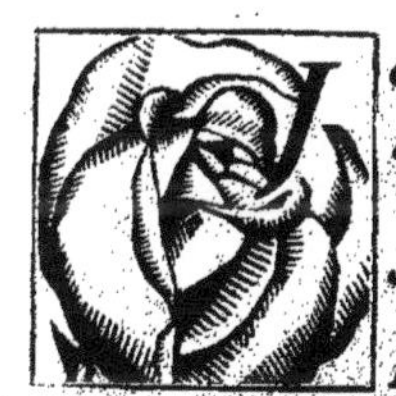 eannine est à la fois aïeule et phénomène ;
Dans les jardins publics où son retour promène
Sa jeunesse éternelle et ses petits-enfants,
Elle paraît n'avoir pas plus de dix-neuf ans :
Bientôt ses petits-fils en auront davantage.

Sur elle, sans peser, le temps pose et s'étage :

Elle n'est pas fardée, elle a trente-deux dents

Sans taches, une langue adorable, dedans,

Comme celle d'un chat, friande et toute rose.

Au bureau des longitudes on la propose

Pour un prix, son portrait sera dans le journal

Et les jeunes mamans dont l'âge est automnal

Le feront encadrer de velours couleur tendre,

Pour prouver qu'une aïeule est encor bonne à prendre.

Aglaure

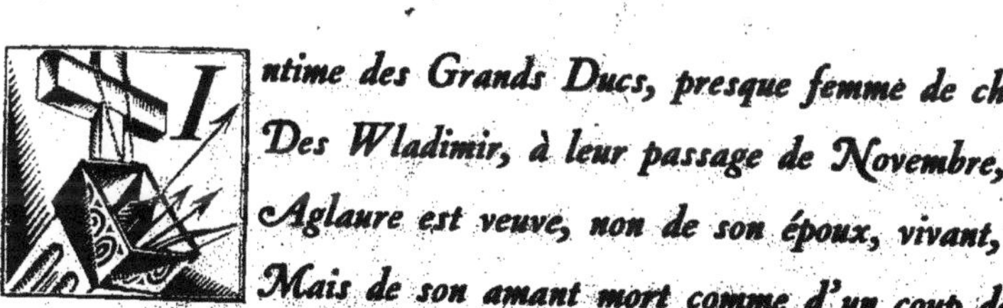

Intime des Grands Ducs, presque femme de chambre
Des Wladimir, à leur passage de Novembre,
Aglaure est veuve, non de son époux, vivant,
Mais de son amant mort comme d'un coup de vent.
Sa fille est littéraire, et Reine des Félibres ;

Elle est, je ne dis pas pour les unions libres,
Mais les religions libres ; elle a choisi
L'or d'un Juif protestant, qui lui permet ainsi
De s'acquérir Luther, Jésus, et Dieu le Père.
Le sort de l'union promet d'être prospère
S'étant concilié trois sortes de divin.
Aglaure cependant met de l'eau dans son vin.
De l'ordre dans son lit, et n'a plus de passade
Que juste ce qu'il sied quand on naquit de S...

Magda

elle-ci se révèle à sa meilleure amie :

Étant veuve, il lui faut convoler ; l'accalmie

N'est pas bonne pour elle en matière de lit.

Elle se désespère, elle sèche et pâlit

Et voit s'apitoyer sur elle sa compagne :

" Venez passer l'été, chez nous, à la campagne,
Conclut la confidente, on vous trouvera çà ! "
— Ce qui fut dit fut fait, et l'été se passa :
Le rose revenait au teint de l'endeuillée
Et l'espoir à son cœur ; sous la verte feuillée
On ne peut vivre seule, il y faut un amant ;
Et l'hôtesse crédule eut cet étonnement
De voir son invitée, à la première neige,
Lui détourner son fils qui sortait du collège.

Barine

 arine par la main Lesbienne fut touchée
Et ne sera jamais une jeune accouchée,
Elle célèbre un rite en des abris fameux,
Profonds comme les bois et propices comme eux ;
Mais elle est fort mondaine, elle court les visites

Et d'un fait surprenant ces choses me sont dites.
" Pouvant, dans son auto, ramener un docteur,
Quand la réunion fut finie, un auteur,
Un duc, un m'as-tu vu, des vieux bons à connaître,
Me direz-vous pourquoi Barine a pris un prêtre,
Qu'est-ce qui, dans ce choix, peut lui paraître bon ? "
— Un sage, qui connaît les effets et les causes
Et déduit la raison des plus subtiles choses,
Dit : " c'était le seul mâle habillé d'un jupon. "

Abîme

on, rien n'est absolu, disait un jour Catulle;
Le vice qui, chez nous, saphique s'intitule
Et consiste à mettre elle à la place de lui,
A des soirs de relâche et des matins d'ennui
Qui souhaitent parfois de connaître autre chose

Que l'effort sans effet et que l'effet sans cause.
Sapho fut infidèle et Phaon le passeur,
Dont l'étreinte n'était pas celle d'une sœur,
La reprit à la douce Attys, à ses compagnes,
Qui s'en allaient à deux errer dans les campagnes.
Abîme, qui depuis des ans a le renom
D'avoir une compagne au lieu d'un compagnon,
Abîme, je vous jure, amis, m'a pris la..... main,
Et ce geste m'a fait, j'avoue, une peur bleue.

Denyse

Denyse a son histoire, elle est étrange, oyez :
Sa chevelure d'or et ses beaux yeux noyés
Furent plus de trente ans en proie au mari jaune
Qui se l'offrit pucelle ; il meurt, et le vieux faune
Est à peine froidi qu'elle épouse un jeunet.

Elle devient pour lui ce que fut le jaunet

Pour elle ; ses cheveux sont teints, comme, de l'autre,

La barbe se teignit, pour plaire ! — Un bon apôtre

Prétend que les flacons resservent. — Repassez

Quand Denyse et ses feux seront enfin glacés,

Qu'elle ira retrouver son premier légitime,

Le second, à son tour devenu cacochyme,

Aux flacons recherchés redemandera l'art

De séduire une Hébé qui le charme, vieillard.

Croton

Croton a décidé de retrancher mon nom
Dans les comptes rendus qu'elle envoie à la Presse
Du dîner dont on meurt, du bal où l'on s'oppresse,
Et je dois, de ce fait, un bon point à Croton.
— Un tel nom n'est point né pour passer par ses pattes ;

Il tient, de mon présent, des grâces délicates

Et prend, à son passé, d'historiques rehauts

Et cela n'est pas fait pour meubler les journaux.

Mais où le geste croît et devient héroïque,

C'est que, nul n'en ignore, et la chose est publique,

La dame vit des noms qu'elle vend au York-New

Et retrancher le mien la prive au moins d'un sou.

ACHEVÉ D'IMPRIMER LE
30 NOVEMBRE 1925, SOUS LA DIRECTION
DE MADAME COUCHOUD-SÉVASTOS,
PAR CRÉTÉ, MAITRE-IMPRIMEUR
A PARIS, 2, RUE DES ITALIENS, POUR
LE COMPTE DE
LA LIBRAIRIE DE FRANCE,
110, BOULEVARD SAINT-GERMAIN,
PARIS

www.ingramcontent.com/pod-product-compliance
Ingram Content Group UK Ltd.
Pitfield, Milton Keynes, MK11 3LW, UK
UKHW022108070726
13613UKWH00002B/979